Special Irish Love

Fairytale-Romance

Short-Story

Katy Joy

Katy Joy
1.   Auflage: 9.4.2021
Vollständige Taschenbuchausgabe
Originalausgabe

Alle Rechte der Verbreitung,
auch durch Film, Funk und Fernsehen,
fotomechanische Wiedergabe,
Tonträger, elektronische Datenträger
und auszugsweisen Nachdruck, sind vorbehalten.

Lektorat: Liliana Hunter
ISBN
Cover: Armin Cugier
Bildquellennachweis: Depositphotos

Katy Joy alias Katy Kerry ist das Pseudonym einer erfolgreichen Erotikautorin.

Seit gut zwei Jahren begeistern ihre erotischen SM- und Fetisch-Romane, aus dem Leben ihrer dominanten Ader gegriffen, unzählige Leser. Geschickt webt sie eigene Erfahrungen und Fantasien in spannende und sinnliche Geschichten voller prickelnder Erotik und Leidenschaft ein. Sie liebt es, ihre Fantasie zu beflügeln, und ist ständig auf der Suche nach etwas Neuem.

In Katys Büchern stecken packende, geheimnisvolle und niveauvolle erotische Geschichten, manchmal sogar ein Thriller. Einmal eingetaucht, kann man sie kaum mehr aus der Hand legen.

Zum Inhalt:

„Küsse sind lautlose Worte. Sie drücken das aus, was wir in unserem Redefluss niemals beschreiben können."
Eine Fairytale-Romance zum Verlieben.
Katy Joy ist das Pseudonym von Katy Kerry, einer erfolgreichen Autorin zeitgenössischer erotischer Literatur.
Wenn Funken sprühen, dann ist das Katys Werk.
Maire ist einundzwanzig und kehrt in die Heimat ihrer Großeltern auf die Grüne Insel zurück, weil sie am Trinity College studieren möchte.
Als Maire ankommt, steht ihr Leben plötzlich kopf.
Auf Trahern war sie nicht vorbereitet. Schon gar nicht auf seine aufregenden Küsse.
Doch wer ist dieser aufregende, mysteriöse Mann?

Die Versuchung

Der Sommer in Irland kam mir besonders kurz vor und wenn ich ehrlich bin, hatte er mit dem im Kaltenbachtal eine gewisse Ähnlichkeit. Zwar war das Klima dort etwas rauer als hier, aber die Regentage waren in etwa die Gleichen.

Der Herbst hielt bereits Einzug, denn er sorgte für ein wahres Farbspektakel. Die Blätter fielen in satten Orange-, Rot- und Gelbtönen von den Bäumen und säumten die Wege. Eine Jahreszeit, die einen gewissen Charme versprühte.

Im Kaltenbachtal war ich zumeist noch am Kürbisschnitzen, da fielen schon die ersten Schneeflocken. Hier in Irland war alles anders. An diesem Ort konnte ich das fallende Laub und auch die Maroni ausgiebig genießen, die zuvor im Kamin geschmort hatten, noch lange bevor es die Ha' Penny Bridge tief verschneite.

Ich saß in meinem Zimmer, in Tante Megans Haus, der Schwester meiner Großmutter, bei der ich nach meiner Ankunft in Irland vor einigen Wochen eingezogen war, weil ich eine Studienzulassung für das Trinity College in Dublin erhalten hatte. Der Grund, warum ich mich um einen Studienplatz bewarb, war der, dass ich neugierig auf die Heimat meiner Großeltern war.

Noch nicht einmal richtig auf der Grünen Insel angekommen, war ich völlig unverhofft in Trahern O'Briens Arme gelaufen. Auf ihn und seine übersinnliche Liebe war ich nicht vorbereitet gewesen. Es hatte mich mitten ins Herz getroffen. Er ist auch der Grund, weswegen ich Irland wohl nie wieder verlassen werde.

Bei dem Gedanken huschte ein Lächeln über meine Lippen. Mein Blick schweifte nach draußen in den Garten, während ich überlegte, wie meine Zeit am Trinity College wohl aussehen mochte.

Immer wieder purzelten die Kastanien vom Baum, so als würden sie jemandem eine Kopfnuss verpassen wollen. *Plopp, plopp* machte es immer wieder.

Ich schmunzelte. Mir fiel wieder ein, wie viel Spaß ich beim Kastaniensammeln hatte. Es war ein ganz besonderes Erfolgserlebnis, das ich hatte, wenn die grüne Stachelschale zwar bereits am Boden lag, aber noch nicht aufgeploppt war.

Wenn ich dann mit voller Kraft mit beiden Kinderfüßen auf sie draufsprang, schlüpfte eine frische Kastanie heraus, die ich dann lautstark und voller Stolz Großvater vor die Nase hielt.

Mit einem Wort eine schöne Nachmittagsbeschäftigung und wenn sie obendrein mittels Zahnstocher zu Kastanienhundefiguren geformt wurden, die ich dann aufs Fensterbrett stellte, war ich glücklich.

Merkwürdig.

Obwohl ich schon erwachsen war, dachte ich in letzter Zeit immer öfter an diese Dinge: mein geliebtes Kaltenbachtal, meinen Großvater und an Granny.

Ob sie mir geschrieben haben?

Seit mehreren Tagen hatte ich meinen Laptop nicht mehr hochgefahren. Es wurde also Zeit, mal nachzusehen, ob ich Nachrichten von meinen Großeltern oder meinen Freunden bekommen hatte.

Ich bin jetzt nicht der Instagram- oder Snapchattyp, der alle Storys abchecken muss, wer was wo tut und wo gerade etwas angeblich Wichtiges passiert, aber ein wenig auf dem Laufenden wollte ich schon bleiben. Also sah ich nach. Leider hatten mir meine Großeltern nicht geschrieben. Eine Tatsache, die mich jetzt sogar ein wenig traurig stimmte.

Nun ja. Dann gucke ich mal auf Instagram nach, was sich zu Hause so tut.

Jedoch hatte ich nach einigen Postings auch schon wieder genug. Mein Zuhause, meine Freunde - alles schien für mich gerade nicht greifbar und hatte mit der Welt, in der ich jetzt gerade lebte, nicht mehr viel zu tun. Also beschloss ich, einige Unterlagen für die Universität vorzubereiten und meinen Rucksack für den morgigen großen Tag zu packen.

Mit Trahern, dem Mann meiner Träume hatte ich vereinbart, dass er mich früh morgens abholen würde. Wir hatten vor, gemeinsam im Trinity College einzuchecken. Zufällig hatte auch er sich in Literaturgeschichte eingeschrieben, genau wie ich.

Noch heute Abend würde er vorbeikommen. Er wollte mit Tante Megan meinen Verbleib unter der Woche, die wir auf der Uni verbringen würden, besprechen.

Seine Eltern Alainn und Niall hatten nämlich zwei Studentenwohnungen auf dem Campus des Trinity College angemietet. Auf diese Art blieb uns die tägliche Fahrt aus den Wicklow Mountains nach Dublin erspart. Und die Wochenenden würden wir dann wieder in den Bergen verbringen. Optimal für die Erholung nach einer anstrengenden Zeit an der Uni.

Eine der beiden Wohnungen würden Traherns Schwester Aignais und ich bewohnen. Aignais war vielleicht ein aufgewecktes Ding, um nicht zu sagen, ein verrücktes Huhn, aber ich hatte sie sofort liebgewonnen.

Das andere Appartement würden sich Trahern und sein Bruder Ennis teilen. Auch mit Ennis war ich auf einer Wellenlänge. Er war ein aufgeweckter Bursche, immer gut gelaunt und mir von Beginn an zugetan.

Traherns Vater Niall stimmte unserem Vorhaben sofort zu. Von Montag bis Freitag arbeitete er sowieso in seiner Praxis in Dublin, konnte daher immer ein Auge auf uns werfen. Etwas, das nicht unbedeutend war, wenn man bedenkt, dass Trahern und seine Familie, seit vierhundert Jahren Dämonen sind. Nach einigen Erlebnissen mit Trahern und seinen Geschwistern war mir bewusst, warum er so vorsichtig agierte. Trotzdem sollte es anders kommen als geplant.

Trahern hatte mir erzählt, dass sich Niall in Dublin als Psychotherapeut und Analytiker bereits einen Namen gemacht hatte. Bereits in seinen jungen Jahren, als er noch ein Mensch war, beschäftigte er sich mit der Naturheilkunde und der Seele der Menschen.

Viel später, nämlich fast zweihundert Jahre nachdem er bereits ein Dämon geworden war, studierte er im 19. Jahrhundert Psychologie und Medizin an der Universität in London und absolvierte eine Ausbildung als Psychotherapeut, sowie auch die eines Analytikers.

Seither war er allerorts, egal wo die O'Briens gerade lebten, ein gefragter Therapeut. Vor erst ungefähr fünf Jahren hatte er seine Praxis in Dublin eröffnet.

Die O'Briens hatten ihr Leben immer exakt durchgeplant. Sie waren bestrebt, ihre Existenz als Dämonen geheim zu halten.

Seine Mutter Ailainn kümmerte sich um das Haus, umsorgte die Familie und ging Niall in der Praxis zur Hand. Sie war genauso, wie ich mir meine Mutter immer vorgestellt hatte, die leider nach meiner Geburt in Irland verstorben war. Deswegen wuchs ich auch bei meinen Großeltern im Kaltenbachtal auf.

Jene hatten sich nach einer Familientragödie dazu entschlossen auszuwandern.

Traherns Geschwister, insbesondere auch seine ältere Schwester Deirdre, die ich nicht besonders mochte und sein ältester Bruder Breandan, der mich beinahe schon verachtete, weil ich ein Mensch war, waren ewige Studenten an den verschiedensten Universitäten, je nachdem, wo sie gerade ihre Zelte aufgeschlagen hatten.

Sie besaßen ein Dutzend Häuser in ganz Europa und zogen alle fünfzehn Jahre wieder um, bis sie wieder erneut an dem Ort landeten, an dem sie vor circa achtzig Jahren gewohnt hatten. Es war eine gut durchdachte Strategie, die sie entwickelten, weil in dieser Zeitspanne jene Menschen verstarben, die die O´Briens hätten wiedererkennen können.

Ich war so sehr in meine Gedanken vertieft, dass ich die Aufforderung von Tante Megan nach unten zu kommen, scheinbar erst nach mehrmaligem Rufen registrierte. „Jetzt komm doch, Maire. Trahern ist da", rief sie, wobei ihr Ton bereits ziemlich ungeduldig klang.

Weil ich die beiden nicht warten lassen wollte, sprang ich von meinem Stuhl hoch und lief gleich darauf die Treppe ins Wohnzimmer hinunter. Sofort traf mein Blick auf Aignais. Dass sie mitgekommen war, verwunderte mich sehr. *Warum nur?* Meiner Meinung nach war sie zu unvorsichtig. Meine Tante hatte viel Zeit bei der Familie O´Brien verbracht, als sie noch klein war, weil ihre Mutter für Traherns Eltern den Haushalt führte.

Mir fiel ein, wie verwundert Tante Megan darauf reagierte, wie sehr Trahern, abgesehen von der Namensgleichheit, dem Trahern O´Brien von damals ähnelte, den sie in Erinnerung hatte, als ich ihr meinen neuen Freund zum ersten Mal vorstellte. Aber sie erklärte sich die Ähnlichkeit damit, dass er ein Nachfahre des O´Brien Clans ist.

Doch welche Ausrede würde ihnen bei Aignais einfallen? Irgendwie hatte ich kein gutes Gefühl dabei, auch wenn Megans Kindheitserinnerungen schon lange zurücklagen. Doch weil Aignais sich mit ihr so ungezwungen unterhielt und Trahern so strahlte, als er mich sah, vergaß ich alle Befürchtungen.

Er kam mir entgegen, umarmte mich innig und legte seine Hand sanft an meinen Hinterkopf. Ich kann nicht erklären, warum, aber seine Art und Weise mich in die Arme zu schließen, ließ nicht nur mein Herz höherschlagen, seine Umarmung spendete mir auch Wärme, Nähe, Geborgenheit und manchmal Trost, wenn ich wieder einmal Heimweh hatte und an meine Großeltern denken musste. Sie waren so viel mehr als nur eine flüchtige Berührung.

Nicht so vielversprechend wie ein Kuss, dennoch schien mein Körper dabei immer wieder regelrecht in Aufruhr zu geraten, denn sie vermittelten Emotionen pur. Aber auch Schutz, als er mir einen innigen Kuss auf die Stirn presste. Ein Ausdruck von besonders tiefer Zuneigung. Seine Augen hielt er dabei geschlossen. In diesem Moment kam ich mir sehr behütet vor. Immer wenn er dies tat, hatte ich das Gefühl, dass ich mich auf ihn verlassen konnte, egal was kam. Ganz ohne Worte vermittelte er mir damit Sicherheit.

Wenn ich mich recht entsinne, wünschte ich mir insgeheim mehr als dieses zahme Küsschen, aber umgekehrt war mir klar, dass vor meiner Tante und Aignais nicht mehr drin war.

Also erwiderte ich seine züchtige Geste, die beinahe unschuldig wirkte, obwohl ich wusste, dass weitaus mehr dahintersteckte, indem ich mich an seine Brust kuschelte. Ein Umstand, der ihm ein kleines Lächeln auf die Lippen zauberte, so sehr schien auch er unsere Umarmung zu genießen. „Maire", flüsterte er zärtlich.

Aignais wartete geduldig, schmunzelte aber ein wenig über unsere Begrüßungsform. Trotzdem konnte sie es kaum erwarten, bis auch sie mich in die Arme schließen konnte. Ihre Begrüßung war natürlich ganz anders. Viel impulsiver, und wenn ich ehrlich bin, fragte ich mich wirklich, wie Trahern und sie Geschwister sein konnten. Während sie munter drauflos plapperte, amüsierte sich Trahern über die quirlige Art seiner Schwester.

Im Gedanken schlug ich die Hände vor mein Gesicht und hoffte, dass sie nicht schon immer so gewesen war, denn sonst hätte ich gegenüber meiner Tante einen Erklärungsnotstand gehabt. Zu meiner Verwunderung aber machte Megan keine Anstalten, Aignais in irgendeiner Form zum damaligen O´Brien Clan zuzuordnen. Sie unterhielt sich mit ihr geradezu unbekümmert, so als wären sie Nachbarn. Aignais war es auch, die Megan dazu überredet hatte, unserem Vorhaben, nämlich die Woche über in Dublin zu wohnen, zuzustimmen.

Eine grandiose Idee, sich mit Aignais eine Studentenwohnung teilen zu wollen, meinte meine Tante und ich wunderte mich nur noch darüber, wie die O'Briens es immer wieder schafften, so überzeugend zu wirken. Da war es auch einleuchtend, dass sie ihre Zustimmung zu unserem geplanten Mädelsabend gab, den wir noch am selben Abend veranstalten wollten, sodass wir die Verabschiedung meines Teenagerdaseins feiern konnten.

Wie ich später erfahren sollte, begrenzte sich der Mädelsabend auf zwei Personen: Aignais und mich. Denn Deirdre war an diesem Abend nicht mehr zu Hause. Sie und Breandan hatten in diesem Jahr nicht vor mit auf die Universität zu kommen, wie mir Trahern versicherte.

Ehrlich gesagt, war ich froh darüber, denn ich hatte das Gefühl, dass mich die beiden nicht besonders mochten, weil sie sich lieber eine Dämonin an der Seite ihres Bruders gewünscht hätten. Auch Traherns Eltern waren an diesem Abend aus.

Aignais verzichtete auf ihren Mädelsabend und verabschiedete sich relativ bald von uns, ließ mich mit Trahern allein. *Zufall oder Absicht?* Ein Umstand, der mir ein freudiges Lächeln auf die Lippen zauberte. *Nun ja, ich denke eher Letzteres,* weil sie genau wusste, wie gern wir Zeit miteinander verbrachten.

Es war ein toller Abend. Wir hörten Musik. Trahern hielt mich im Arm, wir küssten uns und kuschelten in einem neuen weiß lackierten Himmelbett, das von hellblauen Schleiern umgeben war. Die Tagesdecke, auf der wir lagen, war nach unseren heißen Küssen nicht mehr so ordentlich ausgebreitet, wie zuvor. Trahern brachte sich hinter mir in Löffelchenstellung und zog mich fest an seinen wohlgebauten Körper.

Der Auftakt für ein Schäferstündchen?

Die Stimmung zwischen uns war enorm aufgeheizt. Mit unzähligen Küssen benetzte er meinen Nacken. Nichts war schöner, als seine Zärtlichkeiten zu empfangen und, wenn ich ehrlich bin, hatte ich einen kleinen Hintergedanken, als ich mit ihm in die wärmenden Laken schlüpfte.

Wer weiß.

Vermutlich wollte es Trahern nicht zugeben, aber schließlich war auch er nur ein Mann und wenn eine heiße Lady neben ihm im Bett lag, dann dachte er ganz bestimmt genauso wie alle anderen Menschen an Sex.

Ich konnte es deutlich spüren, wie sehr er es genoss, so eng an mich gekuschelt zu liegen. Ganz gewiss hatte es mit seinem männlichen Ego zutun, weil er mich mit seinen starken Armen halten und mich somit vor jeglichen Gefahren schützen konnte.

Andererseits gab es da vielleicht auch noch einen weiteren Grund: Die bitteren Zeiten, die ihm so zugesetzt und ihm sein Leben schwer gemacht hatten. Sein leises Seufzen zeigte mir, dass er sich wohlfühlte, sich mit mir gern zurückziehen wollte. Hier an diesem Ort, wo er endlich er selbst sein durfte, sich entspannen und seine Seele baumeln lassen konnte.

„Du riechst so gut, Maire", raunte er mir ins Ohr, während er an meinem Ohrläppchen knabberte, sodass es mir die Schmetterlinge erneut in den Bauch trieb. Ich seufzte aus tiefster Empfindung. Es war schön, mit ihm intim zu sein, und damit meinte ich jetzt nicht Sex, obwohl ich es mir natürlich wünschte. *Warum auch nicht?*

Schließlich lebten wir im 21. Jahrhundert und es war höchste Zeit, die Tatsache zu akzeptieren, dass auch Männer schwache Wesen sein durften, um sich ihren sexuellen Wünschen hinzugeben, auch wenn man eher Frauen diese Eigenschaft zuschrieb.

Aber auch Männer haben Gefühle. Trahern, wie es mir manchmal vorkam, noch viel mehr als andere Männer und das mit voller Leidenschaft. Bestimmt sind es die kleinen Dinge, die sein Herz erweichen, obendrein ein Lächeln bei ihm hervorrufen, und zwar nicht nur auf seinem Gesicht, sondern vor allem in seinem Herzen.

Er liebt es, meinen Namen auszusprechen, die Art, wie ich lächle und meinen Kopf auf seine Brust lege, nachdem er mich geküsst hat. Aber auch, wenn ich mit meinen Haaren spiele oder er mich dabei erwischt, wenn ich ihn verstohlen von der Seite her ansehe. All diese kleinen Dinge, von denen ich vorher keine Ahnung hatte, dass ich sie tat. Was auch immer es war, ich *machte* es, ohne es tatsächlich wahrzunehmen, und er *merkte* es. Er merkte es, weil es mich von den anderen Mädchen, die er davor kannte, unterschied.

Zufällige Umarmungen, flüchtige Küsse, die Hand auf seinem Schoß, während ich neben ihm saß, oder der Arm um ihn, wenn wir durch die Wicklow Mountains spazierten. Diese Gesten sind weitaus intimer als Sex, und man macht sie nur, wenn einem jemand wirklich wichtig ist. Genau sie waren es, die aus uns ein Paar machten.

Wenn er mir in die Augen sah, schaute ich nicht etwa weg. Nein. Ich hielt seinem Blick stand. Die Scham, die ich anfangs hatte, verschwand ziemlich bald. Sie wurde durch Hoffnung und durch Liebe ersetzt. Eine Liebe, die jeden Tag wuchs, weil wir ehrlich zueinander waren und uns vollkommen offen begegneten. Ab diesem Zeitpunkt war mir klar, dass ich an seiner Seite bleiben wollte, und zwar bis in alle Ewigkeit.

Die verbotene Frucht

Der Morgen war angebrochen und die Sonne schien. Jene war es auch, die mich weckte. Zumindest glaubte ich das.

Trahern stand vor meinem Bett und beobachtete mich. Wie lange er dies schon tat, wusste ich nicht, und ob er meine Gefühle beeinflusst hatte, sodass ich davon erwachen sollte, war mir auch nicht klar. Ich seufzte und rekelte mich, was ein Lächeln in sein Gesicht zauberte. Er trat näher und gab mir einen seiner geheimnisvollen Küsse. Ein magischer Kuss, der mich schweben ließ.

Warum kann er denn nicht einfach neben mir liegen? Wir beide fest umschlungen, unter der Bettdecke, sein Körper an meiner warmen Haut, ich mit zerzaustem Haar...

„Guten Morgen, Maire", hörte ich seine sanfte tiefe Stimme, die mich aus meinen erotischen Gedanken riss. „Du bist so schön, wenn du schläfst", sagte er zärtlich. „Außerdem ist es äußerst spannend, dir beim Schlafen zuzusehen", fügte er noch hinzu. Eine Aussage, die ich nicht richtig deuten konnte.

„Was meinst du damit?", erkundigte ich mich und zog meine gerade noch glatte Stirn in Falten.

„Ich saß heute Nacht mehrmals an deinem Bett, weil du meinen Namen gerufen hast, bis ich erkannte, dass du träumst", erklärte er, wobei er seine Mundwinkel nach oben zog. Ich musste einen wohl sehr beschämten Blick aufgesetzt haben. *Wie megapeinlich ist das denn?*

„Ich habe im Schlaf gesprochen?", fragte ich und dachte, wie unheimlich lustig und verwirrend zugleich das auf ihn gewirkt haben muss.

Trahern lachte leise vor sich hin. Eine typische Reaktion, wie ich fand und ich wusste, meine Worte, während ich träumte, *müssen* megapeinlich gewesen sein.

Auf keinen Fall wollte ich Einzelheiten hören, also versuchte ich mich nicht an diesen Traum zu erinnern.

Trahern schien sehr amüsiert zu sein. „Wie du siehst, kannst du nichts vor mir verbergen", machte er mir keine Hoffnungen, dass sich das irgendwann mal ändern könnte.

„Toll", meinte ich etwas zynisch, „das sind echt gute Aussichten", begann ich mich darüber lustig zu machen und sprang gleichzeitig aus dem Bett. Weil ich, wie es aussah, nicht mehr viel Zeit hatte, denn unsere Koffer standen bereits reisefertig neben der Tür, zog ich mein Negligé über den Kopf, warf es aufs Bett und schlüpfte in ein hellblaues Kleid, das über der Stuhllehne lag. Ich sollte recht behalten, denn während ich eilig meine Zähne putzte, trug Trahern unser Gepäck auf die Terrasse hinaus, um es anschließend in seinem Wagen zu verstauen.

Ich musste zusehen, dass er nicht ohne mich losfuhr. *Das kann ja heiter werden.*

Traherns Uhren laufen offensichtlich schneller als meine und so verließ ich, so rasch ich konnte, das Haus. Zu meinem Erstaunen war ich aber nicht die Letzte, denn Aignais tänzelte beschwingt um den Wagen herum, ehe sie mich begrüßte und es sich auf dem Rücksitz bequem machte. Also nahm ich auf dem Beifahrersitz Platz. Ennis saß bereits im Fond, ihn schien kaum etwas aus der Ruhe zu bringen. Trahern hatte den Motor längst gestartet, als unverhofft seine Mutter Ailainn am Fenster auftauchte und sich verabschiedete.

„Pass gut auf Maire auf", bat sie.

Irgendwie schien sie besorgt.

Warum?

Mit diesen Worten überreichte sie ihm Proviant für mich und lächelte mir liebevoll entgegen.

„Meldet euch bei Niall, wenn ihr in Dublin seid", rief sie noch, während der Wagen langsam anrollte und ich mich von ihr verabschiedete.

Aus dem Wald hörte ich mehrmals ein leises Winseln, das ich jedoch nicht zuordnen konnte. Verstohlen beobachtete ich Ennis und Aignais im Rückspiegel, die keine Miene verzogen, auch Trahern reagierte darauf nicht. Der Wagen beschleunigte.

Bilde ich mir das alles nur ein oder messe ich diesem Geräusch einfach zu viel Bedeutung zu, denn das Geräusch ließ nicht nach.

Ich warf einen Blick aus dem Fenster und sah: nichts. Bäume und Sträucher zogen an uns vorbei. Wir ließen das Poulapoukareservoir hinter uns.

Mein Blick schweifte über die Wälder. Dort wo der Wald ziemlich dicht wurde. Im Unterholz schien sich etwas zu bewegen. Ich versuchte zu eruieren, was dort herumschlich und so merkwürdige Laute machte. Einen kurzen Augenblick kam es mir so vor, als huschte ein Schatten durch das Dickicht, um dann wieder zu verschwinden.

Was war das?

Erneut versuchte ich, die Gestalt zu erhaschen, doch vergeblich, es gelang mir nicht. Dieses Wesen wollte sich einfach nicht zeigen. Wir fuhren weiter. Schon bald erreichten wir die Hauptstraße.

Trahern nahm meine Hand, er lächelte mich an und alles war vergessen. Es kam mir so vor, als würde die Fahrt nicht viel Zeit in Anspruch nehmen. Obwohl wir meilenweit von Dublin entfernt waren, tauchte die Stadt bald vor unseren Augen auf. Ich war erstaunt. *War ich so sehr in meine Gedanken vertieft gewesen, dass es mir gar nicht auffiel, wie die Zeit verging?*

Aignais erhob ihre Stimme und durchbrach somit die Stille im Wagen.

„Da, sieh nur, Maire. Das Trinity College. Direkt vor uns", triumphierte sie.

Ich blickte sie im Rückspiegel an und erwiderte ihr Lächeln. „Wow, das ist aber groß", bestaunte ich das alte Gebäude.

„Ich freue mich riesig, mit dir in einem Apartment zu wohnen, Maire", sagte sie entzückt.

Ennis lachte. „Wenn Aignais einmal in Fahrt ist, dann ist sie nicht mehr zu stoppen. Viel Spaß", meinte er und grinste.

Trahern stimmte seinem Bruder zu. „Du wirst meine kleine Schwester kaum aushalten, das kann ich dir jetzt schon versichern", sagte er und sah mich dabei geheimnisvoll an.

Aignais konnte man den Zorn an der Nasenspitze ansehen. „Danke, dass ihr alle so viel Vertrauen in mich habt", meckerte sie und rollte mit den Augen. „Ihr wisst gar nichts", fügte sie noch eingeschnappt hinzu und lenkte ihren Blick nach draußen.

Durch den Rückspiegel trafen sich unsere Blicke wieder und ich wusste, *mir* war sie nicht böse. Ganz im Gegenteil, sie lächelte verschmitzt. Aignais war schon ein durchtriebenes Ding und so erwiderte ich ihr Grinsen. „Männer", knurrte sie. „Was wissen die schon von uns Frauen?", verhöhnte sie ihre beiden Brüder, aber in einem belustigten Tonfall, sodass sich niemand angegriffen fühlen konnte. Daraufhin lachten wir alle. Ich war mir fast sicher, dass Trahern mich öfter in unserem Apartment besuchen würde, als es Aignais recht wäre.

Erneut sah ich zum Fenster hinaus. Mittlerweile waren wir am Universitätsgelände angekommen. Mächtige geschichtsträchtige Gebäude erhoben sich vor meinen Augen. Ich war erstaunt darüber. So eindrucksvoll hatte ich mir die Universität nicht vorgestellt.

Wir fuhren den Campus entlang, bis wir vor einem Wohnkomplex anhielten. Wir stiegen aus. Nochmals sah ich mich um.

Sehr beeindruckend.

Das Gelände war weitläufig, überall ragten historische Gebäude empor. Die einzigartige Atmosphäre der jahrhundertealten Bauwerke war deutlich zu spüren. Ich war überwältigt.

Während Trahern und Ennis das Gepäck aus dem Wagen holten und auf die Treppe stellten, konnte ich mich an dem Anblick nicht sattsehen.

Ich, Maire O'Neill durfte an der ältesten Universität Irlands studieren. Eine, die die umfassendste und eindrucksvollste Bibliothek beherbergte, die man sich nur vorstellen kann.

Was für ein Traum!

Jetzt war mir klar, warum sich Trahern und seine Geschwister hier so wohlfühlten. Die meisten Gebäude waren schon mehr als vierhundert Jahre alt. Ich, die aus dem Staunen noch immer nicht herauskam, durchschritt nun gemeinsam mit den anderen den Parliament Square, der inmitten einer Grünanlage lag.

Selbst war ich zwar fremd hier, aber Trahern, Ennis und auch Aignais kannten das Universitätsgelände wie ihre eigene Westentasche. Das konnte mir nur Vorteile bringen.

Schon bald betraten wir ein Gebäude mit einer übermäßig großen Halle. Während Trahern die Anmeldung zu den einzelnen Kursen übernahm, ich ließ ihm freie Hand, er wusste schließlich am besten, wie er die Kurse, Vorlesungen und Übungen koordinieren musste, betrachtete ich den Raum, in dem wir uns gerade befanden.

Der Fußboden unter meinen Schuhen knarrte, wenn ich mich bewegte, ein modriger Geruch nach längst vergangenen Zeiten durchzog meine Nase, Bücher, wohin mein Auge reichte. *Herrlich. Hier wird es mir gefallen.*

Nachdem alle Formalitäten erledigt waren, bezogen wir unsere Apartments und ich sollte recht behalten: Trahern dachte nicht im Traum daran, für Aignais das Feld zu räumen. Mit einem amüsierten Blick katapultierte er Aignais' Gepäck in das andere Quartier und grinste dabei.

„Du glaubst doch nicht allen Ernstes, ich lasse dich mit Maire in einem Apartment wohnen. Am Ende machst du sie mir noch abspenstig", meinte er.

Aignais sah ihn nur argwöhnisch an, verzog dabei ihre Mundwinkel, als ob sie ihn gleich anspringen wollte.

„Na klar! Wenn du zu wenig Selbstvertrauen hast, mein Lieber, bist du selbst schuld", verteidigte sie sich und warf ihm einen beleidigten Blick zu. Ohne dass Trahern etwas darauf hätte erwidern können, zog sie ab.

„Das war jetzt aber wirklich nicht notwendig, sie so vor den Kopf zu stoßen", tadelte ich Trahern, der meine Meinung sehr ernst nahm.

„Du hast recht. Ich werde mich bei Gelegenheit bei ihr in aller Form entschuldigen", versprach er, stieß mit dem Rücken voran die Tür zu unserer Studentenwohnung auf und stellte das Gepäck auf den Fußboden.

„Das ist unser kleines lauschiges Zuhause", strahlte er, während er mit seinem Bein dezent die Tür hinter sich schloss. „Ich hoffe, es gefällt dir", sagte er und schaute mich fragend an.

„Es ist wunderschön, Trahern", antwortete ich und legte ihm meine Arme um den Hals. Zunächst sah ich ihm lange in die Augen, dann küsste ich ihn zärtlich auf den Mund, weil mir mein Bauchgefühl sagte, jetzt wäre der richtige Moment dafür.

Ein tiefer Blick von ihm, seine sanfte Berührung am Arm - all das waren Zeichen für seine bedingungslose Liebe, von der mir zeitweise ganz schwindelig wurde.

Gleich darauf waren seine Augen und auch sein Mund geschlossen, obwohl er auf meine Lippen ziemlichen Druck ausübte. Damit bewies er mir größte Zuneigung, auch wenn der Kuss sehr gesittet war. Ich konnte ein Prickeln auf meinen Lippen spüren, das sich so unheimlich gut anfühlte. Mein Mund war der erste Ort für meine Lust und ich genoss es.

Traherns Küsse begannen zunächst sanft und vorsichtig, wurden dann immer leidenschaftlicher.

Erwartungsvoll schloss ich die Augen. Mein Herz schlug schneller. In dem Augenblick, da sich unsere Lippen berührten, ergoss sich ein regelrechter Glückscocktail über mich. Manchmal dachte ich, nicht mehr essen und nicht mehr schlafen zu können, sondern meinen Glückszustand nur noch mit seinen Küssen befeuern zu müssen.

Ich fühlte mich von seiner Energie nahezu aufgeladen und am liebsten wäre mir gewesen, er hätte mit dem Küssen nie wieder aufgehört. Endlos glücklich, den Bauch voller Schmetterlinge, ein rosiger Teint - das waren wohl die Anzeichen für mein Verliebtsein.

Als sich seine Lippen langsam wieder von meinem Mund lösten, sah ich mich erneut um. Unser Apartment war nicht nur ein lauschiges Plätzchen, sondern optimal für unsere Bedürfnisse eingerichtet. Ein kleines Wohnzimmer, ein eigener Schlafraum mit Bad, eine Kochnische und ein begehbarer Schrank zählten zu den Annehmlichkeiten dieser Wohnung. Die O'Briens hatten an alles gedacht.

Der Raum war mit einem blauen Teppich ausgelegt. Helle, freundliche, weiße Möbel machten ihn komplett. Obendrein gab es noch mehrere Bücherregale, zwei Schreibtische mit jeweils einem Stuhl und einer Pinnwand. Die beiden Einzelbetten standen gut einen Meter weit auseinander. Für Trahern kein Problem, er hatte sie mit einem einzigen Ruck zusammengeschoben.

„Sieht doch gleich viel bequemer aus, oder?", fragte er augenzwinkernd.

„Klar, wenn man bedenkt, dass du deines nicht einmal zum Schlafen benutzt", zog ich ihn auf.

„Das nicht", stimmte er mir zu, „aber je näher ich dir bin, desto besser kann ich dich beim Schlafen beobachten und umso deutlicher höre ich, was du mir erzählst, während du träumst", hänselte er mich, strich dabei aber zärtlich über meine Wange.

Ich lächelte ihn keck an und ließ mich rücklings aufs Bett fallen. Trahern legte sich neben mich, wir umarmten uns, kicherten und kuschelten, was das Zeug hielt. Ich war unbeschreiblich glücklich. Glücklich, in seinen Armen zu liegen und mich trotzdem so unsagbar frei zu fühlen.

„Was machen wir jetzt?", fragte ich ihn, während er meine Nase sanft liebkoste, was mir ein Gefühl von Innigkeit vermittelte.

„Hmm, wir könnten uns ein wenig auf dem Universitätsgelände umsehen", machte er einen Vorschlag. Dem stimmte ich gerne zu.

Wenig später verließen wir das Apartment.

„Werden Aignais und Ennis an unseren Kursen ebenfalls teilnehmen?", erkundigte ich mich bei ihm, während wir die Treppe zum Portal hinunterliefen.

„Nicht ganz, nachdem Aignais sich für Dramaturgie entschieden hat, werden wir mit ihr nur einige wenige Berührungspunkte haben. Mit Ennis jedoch schon, denn auch er wird Literaturgeschichte studieren", sagte er und zog mich an seiner Seite weiter auf den mittlerweile gut besuchten Campus, auf dem bereits hektisches Treiben herrschte.

Viele der neu angekommenen Studenten sowie auch Touristen, die die historische Universität besichtigen wollten, drängten sich an uns vorbei. Zwischen diesen Menschenmassen fühlte sich Trahern sichtlich überhaupt nicht wohl, das konnte ich an seinem Blick und an seiner anspannten Haltung erkennen. Seine Hand verkrampfte sich in meiner, sein Gesichtsausdruck wurde zu Stein, die Augen funkelten wie sonst nie und als das Gedränge immer mehr zunahm und wir teilweise schon Körperkontakt zu den anderen hatten, schlang er einen Arm um meine Hüften, zog mich enger an sich, als wenn er mich vor der pulsierenden Menge schützen müsste.

Eine zärtliche Berührung an seiner Wange löste in ihm ein wenig die Anspannung und er küsste mich sanft auf den Mund. Er wurde etwas lockerer und wir gingen weiter.

Die Freshers' Week, die sogenannte Einführungswoche, hatte heute begonnen. Auf dem gesamten Gelände warben Studierende für die verschiedensten Vereine in den Bereichen Sport,

Musik, Politik und andere Interessensgebiete um Mitglieder.

Wie aus dem Nichts sprang plötzlich ein großer, schlanker, blonder Student mit Schwung über das Präsentierpult und verstellte mir den Weg.

Trahern stufte sein Verhalten offensichtlich als bedrohlich ein und zog mich an seine Seite. Dabei konnte ich seinen eiskalten Atem, den er ausstieß, spüren.

Nichtsdestotrotz ließ sich der Student davon nicht beirren, sondern begann munter auf mich einzureden.

„Hi, ich bin Samuel Flatley", stellte er sich vor, „für dich einfach nur Sam. Willkommen am Trinity", meinte er ungezwungen und plapperte einfach weiter.

„Hast du Lust auf eine Party heute Abend?", fragte er, wobei er mich interessiert musterte.

Ohne Trahern ansehen zu müssen, wusste ich, dass er innerlich vor Eifersucht kochte. Im Gegensatz zu ihm wirkte Sams Art jedoch locker, lässig und unbekümmert, dass ich darüber grinsen musste.

Auch ich stellte mich bei ihm vor: „Hallo Sam, ich bin Maire und wegen der Party, das müssen wir uns noch überlegen", lächelte ich zum Unmut von

Trahern, der ihn wahrscheinlich am liebsten wie beim Schach mit einem einzigen Schlag vom Spielfeld gefegt hätte.

Sam beachtete Trahern aber nicht, sondern plauderte munter drauflos, ohne zu wissen, dass ihm das Missvergnügen meines Freundes nicht gerade gut bekommen würde.

„Ah ja", meinte er dreist. „Maire, und wie noch?", versuchte er unser Gespräch am Laufen zu halten.

„Einfach nur Maire", meinte ich nicht weniger keck. Ein Umstand, der Trahern neben mir nahezu zum wilden Tier mutieren ließ, weil er von Sam ignoriert wurde, denn dieser stellte eine weitere Frage und ich hörte Trahern innerlich schon schnauben.

„Möchtest du Mitglied bei der Hist werden? Für dich nur fünf Euro pro Jahr", machte er erneut ein Angebot.

„Hist?", erkundigte ich mich mit fragendem Blick.

„Historischer Workshop", beseitigte er jede Unklarheit und ich verstand.

„Ich werde es mir überlegen", konterte ich entschlossen.

Trahern, dem die ganze Unterredung schon ziemlich auf den Geist gehen musste, reagierte für mich deutlich erkennbar, geladen.

„Wir haben nicht den ganzen Tag lang Zeit, um hier rumzualbern. Zu gegebenem Zeitpunkt werden wir uns schon für den einen oder anderen Verein anmelden", funkte er dazwischen, sah mich aber gleichzeitig mit einem entschuldigenden und auch zärtlichen Blick an.

„Können wir uns noch die anderen Infostände ansehen?", fragte er in der Hoffnung, bald hier wegzukommen, und ich nickte.

„Gerne", sagte ich in einem sanften Ton, denn mir war klar, dass er hier so schnell wie möglich verschwinden wollte.

Im Vorbeigehen musterte ich Sam neugierig. Er war so völlig anders als Trahern oder die anderen Jungs der O'Briens. Sein leicht gewelltes blondes Haar trug er zu einem markanten Seitenscheitel, es war etwas länger und reichte ihm bis zu den Schultern. Er hatte stahlblaue verschmitzte Augen, die ihm einen spitzbübischen Ausdruck verliehen, hohe Wangenknochen, und sein Mund schien dauerhaft zu lächeln. Sein Charisma war echt anziehend. Obendrein war er noch überaus attraktiv.

Bestimmt flogen ihm die Herzen der Studentinnen nur so zu, ohne dass er viel dazu tun musste.

Ein anderes Mädchen drückte mir einen Flyer in die Hand und sprach mich ebenfalls an. Eine Tatsache, die Traherns Hoffnung, wir würden von hier wegkommen, langsam wieder schwinden ließ.

„Hi, ich bin Liz Mac Sweeney, ich fungiere hier am Trinity als Mentorin. Wenn du also Hilfe brauchst, jederzeit", meinte sie aufmunternd.

Liz war eine langbeinige Blondine, die ihr Haar zu einem Pferdeschweif gebunden trug. Ihre Augen waren graublau. Doch der Ausdruck darin sagte mir, dass sie nicht besonders glücklich war. Ihr Lächeln wirkte gezwungen, nicht echt. Liz gab uns noch weitere Informationen, während Sam schon dabei war, ein paar andere Mädchen anzuquatschen.

„Heute Abend findet die „Ersti-Party" statt", sagte sie. „Ich würde mich freuen, wenn ihr kommen könnt. Es ist eine gute Gelegenheit, die Studenten hier kennenzulernen. Für den kleinen Hunger ist übrigens auch gesorgt", informierte sie uns. Wir waren schon im Begriff zu gehen, da erschien Sam noch einmal auf der Bildfläche.

„Hey, Maire! Wurde dir schon ein Mentor zugeteilt?", erkundigte er sich bei mir. „Ich bin zwar viel beschäftigt, aber für dich würde ich eine Ausnahme machen", sagte er salopp und innerlich musste ich lachen.

Trahern fand die ganze Sache gar nicht lustig, sondern stieß noch einmal seinen eiskalten Atem aus, der Sam nun doch einen Schritt zurücktreten ließ. „Jetzt ist es genug, mein Freund", erklang Traherns Stimme äußerst befremdlich.

Für den ersten Moment erschrak ich, weil ich dachte, Trahern hätte sich nicht mehr in seiner Gewalt. Wer weiß, was alles passiert wäre? Zum Glück tauchte Aignais im richtigen Moment auf und glättete die Wogen.

„Gibt es Probleme? Hier will doch niemand Aufsehen erregen. Oder, Jungs?", fixierte sie ihren Bruder, der gleich darauf einen Rückzieher machte.

Sam aber war entweder verrückt oder lebensmüde, oder beides, denn er machte Aignais auf völlig billige Art und Weise an.

„Hallo, schöne Lady. Interesse an der Hist?" Er überreichte ihr einen Flyer.

Aignais nahm den Prospekt an sich, knüllte ihn vor seinen Augen zusammen und warf ihn vor Sams Füße. Die selbstbewusste Art von Aignais dürfte ihm imponiert haben, er lächelte amüsiert, bevor Aignais ihn in Grund und Boden redete.

„Hör mal, du Neunmalkluger. Wir sind keine Freshers mehr. Wir haben bereits einen Bachelor in der Tasche, du Anfänger. Wir wissen also schon, wo's langgeht. Alles klar?", machte sie Sams Theater ein für alle Mal ein Ende. Sie erwartete auch keine Antwort und Sam war klug genug, die Sache auf sich beruhen zu lassen. Aignais wirkte zwar klein und zierlich, aber eines musste man ihr lassen: Sie war weder auf den Kopf noch auf den Mund gefallen.

Stolz über ihre Schlagfertigkeit hakte sie sich bei mir ein und stolzierte mit mir davon.

Einmal noch wandte sie sich um und warf Sam einen hochnäsigen Blick zu. Sie hatte wieder einmal alle in die Tasche gesteckt. Ihren Bruder mit seiner aufbrausenden Art und Sam, der wohl dachte, er wäre ihr überlegen.

Dann schielte sie zu Trahern hinüber und stieß einen abfälligen Laut aus. „Wieder einmal musste dich deine Schwester rausboxen. Kannst du dich nicht benehmen, wie jeder andere hier auch?", hatte sie ihn auf der Schippe.

Trahern aber seufzte nur. Er wusste, dass er sich völlig danebenbenommen hatte.

Aignais aber nutzte die Gunst der Stunde für sich und wandte sich freudig an mich. „Hast du es gehört? Wir beide gehen heute auf eine heiße Party", sagte sie, dabei funkelten ihre Augen wie zwei Diamanten. Leider hatte sie nicht mit Traherns Durchsetzungsvermögen gerechnet.

„Schlag dir das aus deinem hübschen Kopf, Schwesterherz. Wir gehen heute Abend nirgendwo hin. Außer zu den Tudoren", ermahnte er sie.

Aignais gab sich geschlagen, aus welchem Grund auch immer und zog einen Schmollmund. Die Tudoren waren offensichtlich Freunde von ihnen.

„Lass uns doch ein wenig Spaß haben und sei nicht immer so todlangweilig", konterte sie missmutig.

Doch Trahern hatte kein Erbarmen mit ihr. „Wir sind nicht zum Spaß hier", sagte er bestimmend.

Die Diskussionen der beiden anzuhören, konnte ja ganz witzig sein, dennoch ging mir diese Unterhaltung schon ein wenig auf die Nerven und ich rief dazwischen: „Ich habe hier auch noch ein Wörtchen mitzureden", erinnerte ich beide daran, erwachsen zu sein.

Trahern fühlte sich nun auf den Schlips getreten, weil er wusste, dass ich recht hatte.

„Das gilt natürlich nicht für dich, Maire", lenkte er ein. „Wenn du zu dieser Party gehen willst, werde ich dich nicht davon abhalten", meinte er diplomatisch. Recht war es ihm dennoch nicht, das konnte ich an seinem Gesichtsausdruck erkennen. Ich rollte mit den Augen.

„Ich muss nicht zu dieser dämlichen Party", versicherte ich ihm. „Ich mag es nur nicht bevormundet zu werden", machte ich ihm klar, dass ich immer noch ein eigenständiger Mensch war, obwohl er, sagen wir es mal so, um einiges älter war als ich. Sein Blick zeigte mir, dass er niemals vorhatte, meinen Vormund zu spielen, sondern meiner Entwicklung als junge Studentin nicht im Wege stehen wollte. Natürlich war ich viel lieber mit ihm zusammen, keine Frage. Tatsächlich machte ich mir nicht viel aus Partys. Keinesfalls war ich eine Partylöwin. Aignais, da war ich mir fast sicher, käme ganz gut ohne mich zurecht. Meine Gedanken verstummten.

Trahern hatte mich die ganze Zeit lang beobachtet, fast schon *studiert*, wie ich an den Falten seiner Stirn erkennen konnte. *Diese lächerliche Meinungsverschiedenheit soll nicht zwischen uns stehen,* dachte ich und warf ihm einen zärtlichen

Blick zu, den er mit Wohlwollen und Erleichterung aufnahm.

Mittlerweile hatten wir die Begrüßungsveranstaltung erreicht. Ennis hatte bereits vier Plätze gefunden und wir setzten uns. Er schielte mich von der Seite her an. An seinem besorgten Gesichtsausdruck konnte ich erkennen, dass er die Unterhaltung mit großer Wahrscheinlichkeit mitbekommen hatte. Jedenfalls schien er sich für den *Generationskonflikt* mitverantwortlich zu fühlen und fragte vorsichtig nach. „Alles in Ordnung?"

Ich nickte und lächelte ihm entgegen.

Er atmete erleichtert auf. „Bist du eigentlich schon einem Verein beigetreten?", fragte er neugierig. Er schien unserer Unterhaltung also doch nicht gefolgt zu sein, zumindest hatte ich den Eindruck, denn er traf nun einen wunden Punkt bei Trahern. Geschickt zog ich die ganze Sache ein wenig ins Lächerliche.

„Klar, gleich fünf gleichzeitig, wenn es nach den werbenden Studenten hier geht", gab ich ihm eine schnippische Antwort und warf Trahern gleichzeitig einen verschmitzten Blick zu, der daraufhin in sich hineinlachte. Es war mir also gelungen, ihn wieder gut gelaunt zu stimmen. „Und du?", lachte ich jetzt leise.

„Natürlich, ohne Gaelic Football geht bei mir gar nichts", erwiderte er völlig erstaunt, warum ich ihn überhaupt danach fragte.

Unsere Unterhaltung verstummte. Im Saal wurde es ganz still, denn die Dame von der Studienverwaltung erschien am Podium und hieß uns Neulinge herzlich willkommen. Eine Flutwelle von Informationen war die Folge, doch nachdem ich drei Insider kannte, ersparte ich mir den Großteil des Vortrags und ließ meine Gedanken schweifen.

Ich dachte an die O'Briens und an die Begebenheiten, die sich in den letzten Wochen, seit ich in Irland angekommen war, zugetragen hatten.

Einem Dämon, der mehr im Diesseits als im Jenseits zu Hause war. Viel durfte ich darüber nicht nachdenken, denn sonst würde ich mir selbst als Freak vorkommen, der ich eigentlich nicht sein wollte. Schließlich war ich der einzige Mensch unter ihnen. Freunde kennenzulernen, war eine Sache, die sich neben Trahern bestimmt als ziemlich schwierig erweisen sollte. Seine Scheu vor Menschen, sein Misstrauen anderen gegenüber machten es mir nicht gerade einfach, außerhalb des O´Brien-Clans Freundschaften zu schließen.

Stünde ich aber nochmals vor der Wahl, ich würde mich wieder für Trahern entscheiden.

Der Applaus im Saal riss mich aus meinen Gedanken. Der Vortrag war zu Ende und ich hatte nicht ein einziges Wort davon mitbekommen.

Trahern strich zärtlich, aber kaum fühlbar über meine Wange. „Lust auf etwas Entspannung?", fragte er sanftmütig.

Von der Anspannung wegen Sam war nichts mehr zu verspüren. *Oh ja*, darauf hatte ich jetzt wirklich Lust und war schon gespannt, was ihm da so vorschwebte. Gemeinsam verließen wir den Lehrsaal. Bevor er mich aber in sein Geheimnis einweihte, schlenderten wir noch ein wenig in der Grünanlage des Campus umher, setzten uns, sprachen über die heutigen Ereignisse, die Trahern mehr zusetzten, als ich geglaubt hatte, bis die Dämmerung über uns hereinbrach.

Wir saßen auf einer Parkbank, direkt vor dem Gebäude, in der sich die Hauptbibliothek befand. Dort brannte noch immer Licht. Neugierig sah ich ihn an, denn ich hatte so eine Vorahnung, dass wir uns bald, wie auch immer, in den alten Gemäuern des

Long Room einfinden würden. Ich sollte recht behalten.

Verbotenerweise schlichen wir über eine Hintertür in das geschichtsträchtige und für mich sehr interessante Gebäude. Trahern kannte sich hier offenbar gut aus. Er wusste genau, welche Türen zu welchen Gängen führten. Auf leisen Sohlen, sodass uns die geschulten Augen des Hauptbibliothekars nicht erspähen konnten, mogelten wir uns in einen abgeschiedenen Winkel.

„Halt dich fest", flüsterte Trahern und forderte mich auf, ihm die Hand zu reichen, etwas, dass ich, ohne zu zögern tat. Sanft zog er mich rücklings an seine Brust, umarmte mich und wir beide durchdrangen eine Bücherwand, so, als ob wir uns zwischen dicken weichen Kissen hindurchbewegen wollten.

Das war vielleicht ein Erlebnis! Ich war überwältigt und erstaunt zugleich, wie leicht ihm diese Art der Fortbewegung von der Hand ging. Wie ihm das alles gelang, zeugte von Zauberei. Anders konnte ich mir nicht erklären, wie ich, als menschliches Wesen sonst durch Wände hätte gehen können. Wir durchquerten auf diese Art noch viele dieser dicken Mauern und es schien mir so unkompliziert, so, als sei es keine großartige Kunst.

Am Ende waren wir von dichtem Nebel umgeben. Ich fühlte einen deutlichen Luftzug, aber keinen Boden unter den Füßen. Dem Anschein nach befanden wir uns bereits im Freien, denn es roch nach Torf und frischem Gras.

Wir schwebten dahin und ich wusste nicht, wie mir geschah. Die schwarze Nacht umgab uns. Es war so dunkel, dass ich kaum etwas erkennen konnte. Sanft und völlig unverhofft landeten wir auf den Mauerresten einer Ruine. Ich stand gute vier Meter vom Erdboden entfernt auf einer dicken Steinmauer, deren Lücken notdürftig mit Zement ausgefüllt waren.

Ich war berauscht von Traherns unglaublicher Krafteinwirkung, die er auf mich und die Elemente auszuüben schien. Leichtfüßig stand ich an einer Stelle, an der sich ein Ast in das Gemäuer hineinbohrte, so als wäre es unmöglich, hier herunterfallen zu können.

Trahern selbst lehnte lässig mit dem Rücken an einem Mauerrest und lächelte mich an. Von der Anspannung, die seinen Körper zuvor noch kontrolliert hatte, nahm ich nichts mehr wahr. In diesem Moment blühte er sichtlich auf, seine Stimmung war auf dem Höhepunkt.

„Das würde dieser Sam niemals fertigbringen", triumphierte er, wobei sich ein zufriedener Ausdruck auf seine Gesichtszüge legte.

„Mit Sicherheit nicht. Außer er ist ein Dämon, so wie du", hänselte ich ihn, worauf er mich amüsiert anlächelte. „Oh, Maire", konterte er und zog mich eng an sich, „das sind vielleicht Gedanken, die du hegst. Nein, ich kann dir versichern, dass er nicht im Geringsten etwas mit uns zu tun hat", flüsterte er. Mit diesen Worten näherte er sich meinem Gesicht, bis seine Lippen meinen Mund bedeckten.

Verlangend schlang ich die Arme um seinen Hals. Er erwiderte meine Umarmung, indem er seine Hände um meine Hüften legte.

Oh mein Gott!

Er hatte es so richtig drauf. Seine Küsse verzauberten mich. Außerdem wusste er genau, wie er mich um den Verstand bringen konnte. Seine Lippenbekenntnisse fühlten sich einfach himmlisch an. Noch nie zuvor hatte ich gespürt, wie intensiv meine Haut in der Lage war, die große Menge an Empfindungen aufzunehmen. Die wohl natürlichste und wundervollste Sucht, die ich jemals erlebt hatte, und ich liebte es, von ihm nach allen Regeln der Kunst geküsst zu werden. Wir küssten verstohlen, zärtlich, begierig, lustvoll, bewundernd, respektvoll, vielleicht sogar auch manchmal ängstlich und wir zählten zu den glücklichen Seelen. Wir küssten uns, wenn die Sonne im Zenit stand und auch, wenn die Sterne den Nachthimmel erhellten.

Seine Liebkosungen lösten bei mir ein Gefühl der Entspannung, der Befreiung und des Wohlbefindens aus.

Ich war Traherns Prinzessin und er war mein Märchenprinz, der mich aus einem langen Dornröschenschlaf geweckt hatte.

Seine Küsse waren wie eine Wundertüte, ich wusste nie, was drinnen war. Seine Lippen liebkosten meinen Mund, so als wäre es das letzte Geheimnis der Menschheit. Ich war davon völlig berauscht.

Trahern aber sah mich zärtlich an, strich sanft über meine bebenden Lippen und flüsterte mir etwas ins Ohr.

„Küsse sind lautlose Worte. Sie drücken das aus, was wir in unserem Redefluss niemals beschreiben können. Einerseits sind sie der Höhepunkt eines berauschenden Gefühlschaos und andererseits das letzte Kapitel einer Geschichte, deren Ende nicht vorhersehbar ist", poetisierte er und ich mochte behaupten, dass er recht hatte.

„Ich liebe dich, Maire O'Neill", hauchte er mir zart ins Ohr, wobei ich seinen heißen Atem zu spüren bekam, der mich wiederum verwirrte.

Es waren die drei kleinen Worte, die mein Herz höherschlagen und mich dahinschmelzen ließen. Welche, die meine Augen zum Strahlen brachten, weil es ein ganz besonderer, unvergesslicher und romantischer Moment war.

Ein Satz, der seine tiefsten Empfindungen für mich beschrieb. Damit legte er seine Gefühle offen dar, zeigte sich verletzlich, wobei es den Anschein hatte, dass er noch immer Bedenken hatte, mich einzuengen, mich zu überfordern, vielleicht sogar befürchtete, ich könnte ihn doch noch abweisen, weil er ein Dämon war. Doch manchmal müssen wir einfach ins kalte Wasser springen, das Herz auf der Zunge tragen und den Gefühlen freien Lauf lassen.

„Ich liebe dich auch, Trahern", flüsterte ich, sah ihm dabei tief in die Augen und spürte die Schmetterlinge, wie sie in meinem Bauch herumschwirrten und mich in meiner Liebe bestärkten. Es brannte wie Feuer in uns. Dieses besondere Knistern lag wieder in der Luft.

„Du bedeutest mir jeden Tag mehr, Maire", sagte er, wobei sich unsere Nasen zart berührten, der eine oder andere flüchtige Kuss sich auf meine Lippen verirrte, während seine Wärme mich nahezu durchströmte.

„Maire", hauchte er, „du weckst Gefühle in mir, die ich in all den vierhundert Jahren kein einziges Mal empfunden habe." Er sah mich mit einem entschuldigenden Blick an.

„Bitte verzeih mein unangebrachtes Benehmen heute Vormittag. Ich war völlig neben der Spur. Das ist eigentlich gar nicht meine Art", bat er mich um Verzeihung.

„Es ist okay", flüsterte ich.

Wenn ich ehrlich war, fühlte ich mich durch sein eifersüchtiges Verhalten, dass er bei Sam Flatley an den Tag gelegt hatte, sogar ein wenig geschmeichelt. „Ich mag es, wenn sich ein Mann seiner Gefühle bewusst ist. Emotionen kommen aus tiefstem Herzen, können nicht mit dem Verstand gesteuert werden", hauchte ich ihm leise entgegen.

Er seufzte hörbar. Sein Blick war ernst.

Warum? Hat er noch immer Angst, ich könnte ihn enttäuschen?

Nein. Dafür hatte er keinen Grund. Ich war bis über beide Ohren in ihn verliebt. Da bestand gar kein Zweifel daran und das sollte er wissen. Er sollte es spüren. Also schlang ich meine Arme noch enger um seinen Hals, um ihm klarzumachen, dass ich in seiner Nähe sein wollte. Ich suchte seinen Blick, er sollte erkennen, dass zwischen uns eine ganz besondere Verbindung bestand. Doch es hatte einen plausiblen Grund, weswegen er so unsicher war.

„Wenn ich bedenke, dass ich physiologisch gesehen gar kein Herz habe", sagte er verbittert und senkte seinen Blick, „und auch keine Seele, denn ich bin auf ewig verdammt", fuhr er mit leidvollem Blick fort.

Oh nein.

Ich schüttelte vehement den Kopf.

„Das ist unmöglich, Trahern. Du kannst nicht verdammt sein. Bestimmt warst du immer ein guter Mensch und sagt man Verstorbenen nicht nach, dass ihre Seelen für immer unter uns bleiben, dass sie uns vor Gefahren beschützen? Du hast eine Seele, Trahern, ich bin mir ganz sicher. Eine, die ich immer verteidigen werde, solange ich lebe", schwor ich ihm.

„Ich hoffe, du hast recht, denn vor dem, was mich am Ende meines Daseins erwartet, habe ich am meisten Angst", sagte er mit zitternder Stimme. Es war das erste Mal, dass ich Trahern ängstlich erlebte.

„Gibt es denn ein Ende für euch?", fragte ich.

„Ja, manchmal schon", antwortete er nachdenklich.

Etwas, das mir die Gänsehaut auf den Rücken trieb und eigentlich wollte ich gar nicht wissen, wie das Dahinscheiden eines Dämons aussehen mochte.

Ich beschränkte mich auf das *manchmal* und hoffte, dass es bei ihm niemals eintreten würde. Deshalb schmiegte ich mich in seine Arme, vertrieb den unangenehmen Gedanken daran, weil ich den Augenblick genießen wollte, und sah ihm erneut tief in die Augen.

„Ist es verfrüht, wenn ich sage, dass ich noch nie in meinem Leben so glücklich war?", flüsterte ich.

Trahern berührte zärtlich meine Wange und sagte: „Nein. Ich bin glücklich, wenn du glücklich bist."

Fortsetzung folgt

Autorenchallenge

52

Mein Name ist Katy Kerry. Ich schreibe für den *Blue Panther Books Verlag*. Folgende Romane im Genre Erotik sind bereits erschienen:

https://www.amazon.de//dp/B08YZBNYHT?&_encoding=UTF8&camp=1638&creative=19454&linkCode=ur2&site-redi

https://www.amazon.de/Dir-F%C3%BC%C3%9Fen-Erotischer-Fetisch-Roman-Unterwerfung-ebook/dp/B07WDYBLCS/ref=sr_1_1?_mk_de_DE=%C3%85M%C3%85%C5%BD%C3%95%C3%91&dchild=1&keywords=dir+zu+f%C3%BC%C3%9Fen&qid=1617014131&sr=8-1

https://www.amazon.de/Gefesselt-dunkle-meiner-Erotischer-SM-Roman-ebook/dp/B07F68Q3Q3/ref=sr_1_1?_mk_de_DE=%C3%85M%C3%85%C5%BD%C3%95%C3%91&dchild=1&keywords=gefesselt+an+die+dunkle+seite+meiner+aff%C3%A4re&qid=1617014158&sr=8-1

Dies hier ist mein Pseudonym: Katy Joy
https://www.amazon.de/Katy-Kerry/e/B07FTNKCQY
Mein Schlüsselwort lautet: Zement ☺

Ich habe die Herausforderung von Jessica Raven angenommen und nehme mit dieser Kurzgeschichte an der Autorenchallenge, die von Lima Strysa ins Leben gerufen wurde, teil.
https://www.amazon.de/Jessica-Raven/e/B00X5AIBY4
https://www.amazon.de/Lima-Strysa/e/B07Z5TDJ6Q

Ich nominiere nun Sandra Cugier mit dem Schlüsselwort:
Guinness
https://www.amazon.de/-/e/B07P96NMDW